雪と花

彩樹けい

SAIKI Kei

文芸社

これは、今から少し昔のお話です。

緑豊かな広い平野の片隅に、おばあさんと若い夫婦の三人家族がいました。そこは、遠くに高い山が見え、小川が流れ、季節ごとに色とりどりのお花が咲く、静かでとても美しい村です。

町へおつとめに出る人、商売をする人、畑で野菜や果物を作る人……村にはいろいろな人が住んでいます。みんな決して豊かというわけではありませんでしたが、この村が大好きで、仲良く平和に暮らしていました。

ある年の冬、夫婦に女の子の赤ちゃんが生まれました。雪はあまり降らない村でしたが、その日は真っ白な粉雪があとからあとから降り、しんしんと積もっていったのです。

翌朝、お父さんが窓をあけると、雪はやんでいて、青い空にお日さまが輝いていました。ひんやりとした、でも温もりを感じる風が、すーっと吹きこんできます。遠くの山も近くのお家の屋根もまわりのたくさんの木も、みんな雪に包まれて真っ白です。雪はお日さまの光を浴びてきらきらと輝き、まるで絵のような美しい世界が広がっていました。

その景色を見て、お父さんは言いました。

「見てごらん。本当にきれいだね、雪は」

お母さんも、幸せそうに笑ってうなずきました。

「そうですね。何もかもすべて、こんなに美しく、真っ白にしてしまうんですね」

「そうだ。この子の名前、〝雪〟にしないか?」

「それはいい名前ですね。きっと今日の雪みたいに、みんなを包みこんでくれるような、心の優しい子になりますね」

それから四年後の春のある日、夫婦にまた女の子の赤ちゃんが生まれました。

翌朝、お父さんが窓をあけると、穏やかな春風がそよそよと吹きこんできました。ほのかにお花の香りを含んでいます。どこかから小鳥の鳴き声も聞こえてきます。空は青く晴れ渡り、うす紅色の桜の花びらがちらちらと舞っているのが見えました。

その景色を見て、お父さんは言いました。

「見てごらん。もうすっかり春だよ」

お母さんも、お花の香りのする空気を吸いこみながら、幸せそうにうなずきました。

「そうですね。本当にのどかですね。きっとこの村のあちこちで、もっとたくさんのお花が咲いているのでしょうね」

「そうだ。この子の名前、〝花〟にしないか?」

「それはいい名前ですね。きっと春の花のように、誰からも愛される子になりますね」

こうして、お父さんとお母さんに名付けられた雪と花の二人姉妹は、仲良く、すくすくとまっすぐに育っていきました。

お父さんは、少し離れた町まで、毎日おつとめに出ていました。みんなのお手紙を扱うお仕事だと、雪と花に教えてくれたことがあります。いつも忙しそうでしたが、お休みの日にはよく遊んでくれました。

手先の器用なお母さんは、木綿の布でお人形や小物を作り、町のお店に届けて売ってもらっていました。お母さんが作るものはとても可愛くて人気があるそうです。時には、雪や花にもお人形などを作ってくれることがあり、二人ともそれが大好きでした。

頼もしいお父さんと優しいお母さん、少し厳しいけれど大きな心を持ったおばあさん、そして自然に見守られて、雪と花は元気に毎日を過ごしていました。

妹の花は、大きな輝く瞳が印象的な、素直で明るく活発な女の子でした。村の人たちもみんな、「花ちゃん」と呼んで可愛がってくれていました。

姉の雪は、少し控えめなおとなしい女の子でした。その心根があらわれたような優しい顔立ちをしていましたが、右の頬《ほお》に、大きな傷痕があったのです。いつ、どうしてできた傷なのか、雪は何も覚えていませんでした。

その傷痕のせいで、雪は学校でからかわれたことが何度かありました。まわりの人たちが雪を遠ざけ、ひとりぼっちになって淋しい思いをしたこともありました。

それでも、雪の優しい心は少しも変わりませんでした。小さい頃から雪のことを見てきた村の人たちは、誰にでも親切で、自然を大切にする雪を好きになり、傷痕のことで悪く言う人はいなくなりました。

雪はつらいことを忘れ、明るく毎日を過ごすようになりました。花も、優しい〝お姉さま〟のことが大好きでした。

こうして、美しい季節がいくつも通り過ぎていく中で、雪も花も一つずつ年を重ねて大きくなっていきました。

＊

雪が十歳になった年の、春のことでした。

ある日、学校の帰りに雪が道を歩いていると、向こうから大きなかごを背負った男の人が歩いてきました。村では見たことのない、よその村から来た行商の人のようでした。男の人はやせていて、荷物が重そうです。雪は見ていて、少し心配になりました。すると、石にでもつまずいたのか、その男の人が突然転んでしまったのです。背負っていたかごの中から、たくさんの桶《おけ》や升《ます》がばらばらと落ちて、あたりに散らばりました。

雪はびっくりして駆《か》け寄り、声をかけました。

「大丈夫ですか？」

行商らしい男の人は、まだ痛そうにひざをかかえています。雪は散らばった桶や升を拾い集め、男の人に手渡そうとしました。

その時、雪を見たその人が一変し、急に鬼のような形相になりました。

「こらぁ、触るな！」

男はいきなり雪を突き飛ばしました。雪は倒れてしまい、手渡そうとした桶や升がまた散らばりました。何が起きたのかわからず、雪は地面にうずくまったままでした。頭の上から、男のどなり声が落ちてきました。

「こいつ！　どさくさに紛《まぎ》れておれの売り物を盗もうたって、そうはいかねえぞ！」

「ちっ、違います。私は……」

「だったら何なんだ、その顔は！　何かに取りつかれてんのか？　いや、何か悪いことして、バチが当たったたんだろ」

雪は怖くて、声を出すことも立ち上がることもできませんでした。男は、雪に触らせまいとするかのように、大急ぎで桶や升を拾い集め、かごの中へ押しこみました。

「ごめんなさい。私……」

「こっちを向くな！」

男は足下《あしもと》の石を、いきなり雪に投げつけました。石は雪の額に当たり、鋭い痛みが走りました。血が出てくるのがわかりました。

男はそんな雪を見て、鼻で笑いました。

「お前、そんな顔してるくせに、このくらいのことが何だってんだ。お前なんか、どうせロクなものにならねえぞ！」

かごを背負って立ち去っていく男の大きな足音が聞こえました。怖さと額の痛みで、雪の体はずっと震えていました。息まで苦しくなり、動くことができませんでした。

今まで、傷のためにつらい思いをしたことはありました。でも、村の人たちはみんな雪のことをわかってくれていました。こんなにひどい言葉を浴びせられたのも、石を投げつけられたのも、初めてでした。まるで心まで踏みつけられたようでした。

雪は、やっとの思いで立ち上がりました。その時、雪は自分が転んだために道端に咲いていた小さなすみれの花を潰してしまっていたことに気がつきました。それを見た雪の目から、涙が一つこぼれ落ちました。

必死にこらえていた雪も、家に帰りつくと糸が切れたように泣き出してしまいました。訳を聞いたお母さんは雪を抱きしめ、たくさんの優しい言葉でなぐさめてくれました。そのお母さんまで泣いているのを見て、雪はすまない気持ちでいっぱいになりました。

「そんな奴、もし今度この村に現れたら、こっちが石をぶつけてやる！」

おつとめから帰ってきたお父さんも、そう言って珍しいくらいに怒っていました。

花は怖いのか、黙ってそんなお父さんやお母さんを見ていました。お姉さまがいじめられた……。そのことだけは、小さい花にも悲しいほど理解できたのです。

花の怯えた目を見て、雪は言いました。

「ごめんね。びっくりさせちゃって」

花は、小さな手で雪の額を心配そうにさすりながら、そっと尋ねました。

「ここ、痛い？」

「ううん。もう痛くない」

「よかった」

そう言った花の大きな目に、ふいに小さな涙が浮かんできました。

「どうしたの？」

「だって、お姉さま、さっきまで泣いていたでしょ。お姉さまが悲しいお顔をしてると、何だか花まで悲しくなっちゃうの」

雪は花の優しさに胸がいっぱいになり、そっと頭を撫《な》でてあげました。

「花、大丈夫よ。もう悲しくないから」

雪は笑ってくれました。でも、雪の目がまだ赤いことは、花にもわかったのです。

そして花は、心の中で思うのでした。

（かわいそうなお姉さま……）


その夜、おばあさんは、雪をそっと自分の部屋へ呼びました。

「おばあさま、心配させてごめんなさい」

「いいんですよ。ひどい人もいるものだけど、どうですか、雪。まだ怖い？　悲しい？」

雪はまだとても悲しいのをこらえ、小さな声で「少し……」と答えました。

「無理もありません」

おばあさんは、行商の男が転んだ時、雪が手助けしようとしたのは正しいことだったのだと、まずほめてくれました。そして、優しく、でも強くはっきりと言いました。

「いいですか、雪。お前は悪いことなど何一つしていません。だから、バチなど当たるわけがないのです」

おばあさんは、傷さえいとおしむように雪の頬をそっと撫で、続けました。

「だから、決して恥ずかしいなどと思ってはいけません。誰に何と言われようと、堂々と、まっすぐ前を向いて歩んでいきなさい。そう、お日さまに向かうようにね」

「お日さまに?」

「そうです。心に陰のない人は、ちゃんとお日さまを見つめることができるのです」

十歳の雪には難しいお話でした。でも、きりきりした心の痛みの下から、やっと小さな勇気が出てきたように思えたのです。

「でも、私には……」

「大丈夫。お前ならできますよ。雪は、本当に心の優しい強い子なんですから。雪、私もそんなお前が大好きですよ」

「おばあさま……」

「お前は今日、とてもつらく悲しい思いをしてしまいました。だからこそ、人の気持ちがわかるはずです。雪、決して人にそんな思いをさせるような子になってはいけませんよ」

「はい、おばあさま」

雪はうなずきました。その時、雪の目から涙が一つ、こぼれました。さっきまでとは違う、温かい涙でした。

雪の額のけがは、すぐ治りました。あの行商の男が村に来ることもありませんでした。しかし、雪はあの時のことをなかなか忘れられませんでした。息が苦しくなることも、泣きたくなることもありました。そのたびに、おばあさんの言葉から勇気をもらうことにしたのです。雪は少しずつ、お日さまに向かって歩けるようになっていきました。

それからまだ一年も経たない冬のある日、突然の病気で、おばあさんはもう二度と帰ってくることのない、遠い世界へ旅立ってしまいました。村にちらちらと粉雪が舞う、とても寒い日のことでした。

雪も花も、お父さんが泣いているところを初めて見ました。お母さんも、雪も花も、おばあさんのことを知る村の人たちも、みんな深い深い悲しみに包まれていました。

花は、おばあさんが帰ってくると思っているかのように、行ってしまうおばあさんの棺《ひつぎ》に小さい手を一生懸命に振っていました。

雪は、悲しみをこらえて静かにおばあさんをお見送りしました。さようなら、と言う代わりに、雪は心の中で何度も言いました。

（ありがとう、おばあさま……）

＊

いつもの年よりたくさんの雪が降った悲しい冬がようやく終わりました。

雪や花たちの心を癒すように、小鳥たちが美しい声で歌いはじめ、やがて南風がこの村にも桜前線を運んできました。

村の緑がつややかに色濃くなっていくとともに、お日さまも眩しくなると、せみの声が村じゅうで聞こえるようになりました。

やがて、その緑をそよがせる風も、少しずつ冷たく透き通っていきました。高く青い空の下、村はまたたくさんの実りに恵まれました。

それから、遠い山も村の木たちも、もみじの赤やいちょうの黄色で、絵のように鮮やかに染め上げられていきました。

こうして、この村にいくつかの季節が訪れては去っていきました。

その間に、お父さんはおつとめ先で今までより少し偉くなりました。流れる川の向こうに、村では初めての西洋風のお家ができたという話も聞こえてきました。

雪は十三歳、花は九歳になりました。


花は、無邪気にはしゃぐような頃を過ぎ、元気な少女になっていました。それでも、この村の自然が大好きで、明るく素直な心はまったく変わらず、今も村の人たちからとても可愛がられていました。

「花ちゃんはいつも元気で可愛いし、見ていると何でもしてあげたくなっちゃうなぁ……」

そう言う人もいました。実際、穫れた果物などをくれる農家の人もいました。

そんな中で、花は元気に学校に通い、雪とも仲良く楽しい毎日を過ごしていました。

雪も優しさとまっすぐな心は少しも変わらず、賢さも感じられるようになりました。今でも村の外から来る人の中には、雪の顔を冷たい目で見る人や、ひどい言葉を投げつける人がいました。そのたびに雪はつらく悲しい気持ちを乗りこえ、何とか前を向いて歩んできたのです。

そんな雪も、その分け隔てのない心で、村の人たちから愛されていました。

「雪ちゃんはいつも親切だし、本当はとても強い子なんだなぁ……」

そう言う村の人もいましたが、雪自身はそんな話は知らず、花を可愛がり、時にはお母さんのお仕事も手伝ったりしながら、明るく毎日を過ごしていました。

さわやかな風にのって、甘く豊かな果物の香りが漂う実りの季節が、またこの村にやって来ました。

「やぁ、雪ちゃんに花ちゃん」

ある日、道を歩いていた二人が梨畑の前を通りかかると、ちょうど梨の収穫をしていた農家のおじさんが声をかけてくれました。

「こんにちは、梨のおじさん」

「こんにちは。二人でどこかに行っていたのかい？」

「林のほうへどんぐりを拾いに。お母さんがお仕事で小物を作る材料にするの」

花が言うと、小さい頃から二人を可愛がってくれていた梨のおじさんは、収穫の手を止めて嬉しそうに言いました。

「お手伝いか？　そいつは偉いなぁ」

梨の木には、みずみずしく輝く梨が、早く取ってとでも言うように、いっぱいに実っています。木の下に置いてあるかごも、収穫した梨であふれそうでした。

それを見て、今度は雪が言いました。

「おじさん。取り入れ、大変そうですね」

「うん。今年はこのとおり豊作だからね。大変だけど、それが嬉しいんだよ」

「よかったですね」

「ありがとう、雪ちゃん。……あっ、そうだ」

おじさんは、かごの中から収穫した梨を二つ、持ってきてくれました。

「この梨、小さいから町へ持っていってもあまり売れないんだ。だからあげるよ」

「えっ？　いいんですか？」

「もちろんだよ。なに、丹誠《たんせい》こめて育ててるからね。小さくたって、うちの梨はみんな甘くておいしいよ」

そう言いながらおじさんは、花が別のかごに入っているもっと大きい梨のほうをじっと見ていることに気がつきました。

「そうか。花ちゃんは、やっぱりあっちの大きい梨のほうがいいか」

「うん！」

「だめよ、花。あの梨はおじさんの大事な売り物なんだから」

「かまわないよ、雪ちゃん。きみたちがこうやって明るく挨拶してくれると、こっちも何だか元気が出るんだ。そのお礼だよ」

おじさんは笑ってそう言うと、大きくていい色をした梨を選んで、花にくれました。

「すみません、おじさん。花のために……」

「いいんだって。今、雪ちゃんの分も……」

「いいえ。私はこれをもらいますから」

「そうか？」

おじさんは、優しい目で雪を見てくれました。

「ありがとう、おじさん」

雪はおじさんにお礼を言い、二人は梨畑をあとにしました。花は笑顔で、おじさんがくれた大きな梨を大事そうに抱えています。

「よかったね、お姉さま」

雪はうなずきましたが、花の態度が気になって仕方ありませんでした。

次の日、雪は一人で村の神社へお参りに行きました。

（あの神社には、とてもお心の清らかな女神さまがお住まいなのですよ。だから、信じていればきっといいことがあります……）

かつて、おばあさんが雪にそう教えてくれました。でも、まだ雪がずっと小さい頃だったのでしょう。雪はその時のことをはっきりとは覚えていませんでした。

神社は少し急な石段を登ったところにありました。境内は木々に囲まれ、季節ごとのお花が咲く、のどかな場所でした。

雪はこの神社には何度も来ていました。でも、なぜか石段のあたりが少し怖いように感じることがありました。今日もそうでした。

境内には誰もいません。雪は拝殿《はいでん》の前へ進み、目をとじて両手を合わせました。

（女神さま。私はこの頃、花のことが何となく心配になる時があるのです。何か、とても大切なことを忘れているようで……）

雪は心の中で女神さまに言いましたが、何が心配なのか、雪自身にもよくわかっていませんでした。

(あの子は素直で明るいし、本当に優しい子なんです。だからお願いします。これからもずっと、花が村の人たちから愛される子でいられますように。それから……)

雪は目をあけ、まっすぐに前を見ながら、心の中で言いました。

(お日さまに向かうように、前を向いて……。おばあさまにそう言われました。でも、今でも悲しくて前を向けない時があるんです)

雪は、ここからは声に出して続けました。

「女神さま、ごめんなさい。そんな時は、どうかお力を貸してください」

雪はもう一度目を閉じ、静かに手を合わせました。光に包まれた女神さまのお優しい笑顔が見えたような、懐かしいおばあさんの声が聞こえたような、雪はそんな気がしました。

それからしばらくしたある日、花が学校の帰り道を急いでいた時でした。

「あら、花ちゃん」

「あ、お花屋のおばさん。こんにちは」

声をかけてくれたのは、お庭で育てたり、野原で採ったりしたお花を、町へ持って行って行商しているおばさんでした。

「こんにちは。今、学校の帰り？」

「うん。おばさんは？」

「今日はいつもより早く町から帰ってきたのよ。少し疲れちゃったからね。それで今、ここでひと休みしてたところ」

そこには、大きなくすの木が立っていました。木の下に座るのにちょうどいい大きな石があり、村の人たちにとって休憩の場所になっていました。暑い日は涼《すず》しい木陰《こかげ》を作ってくれるくすの木も、今は葉が風で揺れる音とほのかな香りが、安らぎをくれています。

「おばさん、疲れてるの？」

「ううん、大丈夫。今、花ちゃんとお話ししてたら、元気が出たし……。あっ、そうだ」

おばさんは、そばに置いてあったかごを引きよせました。中には、白や黄色やうす紅色の小菊が十本くらい入っていました。

「今日は早めに帰ってきたから、少し売れ残っちゃったの。これ、花ちゃんにあげる」

「えっ、本当？」

「もちろん。花ちゃんは菊、好きでしょ？」

「うん、大好き」

おばさんは、かごに残っていた小菊を束ねると、全部、花にくれました。

「きれいね」

「おばさんが大切に育てたから、こうやってきれいに咲いてくれたのよ。だから、花ちゃんも大事にしてあげてね」

花は小菊だけをじっと見つめ、おばさんの話があまり耳に入っていないようでした。

「あ、雪ちゃんにもわけてあげるのよ」

「うん。おばさん、さよなら」

それだけ言うと、花はもらった小菊を抱えて、お家のほうへ走っていきました。

やがて、村の農家の人たちは、取り入れのお仕事を一つずつ終えていきました。それを待っていたかのように、お日さまが遠い山へ沈むのがだんだん早くなっていきました。

花は、お母さんと野道を歩いている時に、「秋の七草」を教えてもらいました。

それからしばらくして、村を流れる川に小さな新しい橋が架けられました。お家では、雪が拾ってきた〝しろ〟という子犬を飼うことになりました。

雪と花の心にも想い出を刻みながら、また一つずつ季節がめぐっていきました。

*

そして、また一年が過ぎました。

目にしみるほど美しい空の青さが村を包みこみ、白い波のような雲が輝いて見えます。

清らかな風にその優しい紅色をそよがせながら、お庭の片隅で萩の花がぽつぽつと咲きはじめました。

「しろ？　しろ！」

ある日、雪のあわただしい声と足音が、お家の中に響きました。

「お母さま、花。しろを見なかった？」

「しろ、いないの？」

「そうなの。今朝、ごはんをあげた時はいたのに、どこへ行っちゃったのかしら」

しろは、一つ前の冬に、雪が拾ってきた子犬です。それから家で飼うことになり、家族みんなが心から可愛がっていました。

「しろ？　しろ！」

雪も花もお母さんも必死で探しましたが、しろは見つかりません。お家の中にもお庭にも、縁の下にもいませんでした。

どのくらい探したでしょうか。心配で泣き出しそうな雪に、花は言いました。

「お姉さま、しろはきっと大丈夫よ。お腹がすいたら、どこかから出てくるよ」

「うん。でも……」

気がつくと、お日さまは少しずつ西のほうへ傾きはじめています。

「私、外へ探しに行ってみる。まだ小さいんだし、迷子になってるかもしれないから」

雪はそう言って、駆け出していきました。

「しろ！　どこにいるの、しろ！」

雪はあちこち走り回ってしろを探しました。近くの人にも尋ねてみました。それでも、しろは見つかりません。

何度もしろの名前を呼びながら、雪は初めてしろに会った時のことを思い出しました。冷たい雨が降った冬の日、あの大きなくすの木の洞《ほら》の中に、小さい子犬がうずくまっていました。捨てられてしまったのでしょうか。子犬は小さな体を震わせていました。

雪に気がついたのか、子犬は、くーんと鳴きました。

「子犬ちゃん……」

雪はそっと子犬を抱きあげました。子犬は雪の腕にしがみつき、悲しそうな黒い目でじっと雪を見ていたのです。雪はどうしても、子犬をそこへ置いていくことができませんでした。

雪は子犬を家へ連れて帰りました。お湯で体を洗ってあげると、子犬はびっくりするほどきれいな真っ白い毛をしていました。名前は〝しろ〟。雪はそれしか考えられませんでした。とても人懐っこく可愛い犬で、家族みんなすぐにしろのことが大好きになりました。

気がつくと雪は、村を流れる小川のほとりまで来ていました。一年前に架けられたばかりの小さな橋が近くにあります。雪はほとんど行ったことのない川の向こうへしろを探しに行こうと、橋のほうへ走っていきました。

その時でした。

川の向こうから、白いふわふわしたものを抱いた男の人が橋を渡ってこっちへ歩いてくるのが見えました。もしかしたら……? 雪は急いで駆け寄りました。その人が抱いていたのは白い子犬、間違いなくしろでした。

「しろ!」

「あっ。もしかして、この子犬を飼っている人ですか?」

しろを抱いた人は、雪に気がついてそう尋ねました。白いシャツに黒いズボンというすっきりしたお洋服を着た、雪と同じ年くらいに見える少年でした。

「そうです。よかったぁ……」

雪は安心して、体がくずれそうでした。

「本当によかった。この犬が迷子になっているみたいだったから、ぼくも飼い主の人を探しに行こうとしていたところで……」

しろはもう、雪に気がついてぱたぱたとしっぽを振っています。少年は、抱いていたしろを雪の腕の中へ返してくれました。

「ありがとうございました。しろを、この犬を助けてくれて」

「いいえ。あ、それより、足にけがを……」

「えっ？」

見ると、しろの後ろ足には真っ白い布が巻いてありました。

「足を切って血が出ちゃっていたから、水で洗って巻いておいただけなんだけど……。

大丈夫。大したことはないと思うから」

「すみません。手当てまでしてもらって」

「いや、ぼくのほうこそごめんね。実は家を出る時に柵にはさまって、足を引っかけちゃったみたいなんだ」

そう言って、少年は川の向こうを振り返りました。そこには、きれいな西洋風のお家がありました。村に初めてできたと聞いていた、あのお家です。

「えっ？　それでは、あの洋館が？」

「洋館なんて、そんな立派なものじゃないけど、そう。あれがぼくの家」

この人は、洋館の若さまなのか……。ふと、雪の口からため息がもれました。

「きみも、この村の人なんでしょう？」

「はい。私の家はあのあたりです」

雪は、ここからも見えるあのくすの木や、神社のある小高い丘のほうを指さしました。

「それじゃ、この子犬ちゃんにしては、かなり遠くまで来ちゃったんだね」

「そうなんです。しろ、心配したのよ。もう一人で出ていったりしないでね」

「子犬ちゃん、しろって名前なんだね」

「はい。真っ白だから〝しろ〟です」

二人とも、思わず笑ってしまいました。

「しろ。よかったな、飼い主さんが迎えに来てくれて。それに、この人はきみをとっても大切にしてくれているみたいだし……」

少年……、若さまはしろの頭を撫でてくれました。しろを助けてくれた優しい若さまが、雪にはとても眩しく見えました。

気がつくと、そろそろ夕暮れでした。

雪は若さまに何度もお礼を言い、しろを抱いて家へ帰っていきました。

雪がしろを連れて家へ帰ると、お母さんも花も飛び出してきました。

「しろ！　見つかってよかった！」

花はしろを抱こうとしましたが、迷子になってしまって疲れたのか、半分眠っていて、雪の腕の中から動きません。

雪は、しろが川の向こうまで行ってしまっていたこと、西洋風のお家があって、そこの若さまがしろを助けてくれたことなどを、お母さんと花に話しました。花は、何だかとてもうらやましそうな顔をしていました。

それから雪は、しろをいつもの寝床にそっと寝かせました。足の傷を見ようと、若さまが巻いてくれた白い布をほどいた雪は、その布を見てハッとしました。

花も、今日は一生懸命しろを探しました。しろが無事に帰ってきたことが嬉しく、本当によかったと思いました。

（でも、しろはやっぱり、私よりお姉さまのほうが好きなのかな？）

ふと、花の心に淋しさがよぎりました。

（今日はお姉さま、一人で何かいいことがあったのかな？　うらやましいな）

今日、しろを見つけて帰ってきてからの雪は、何だかいつになく楽しそうに、花には思えたのです。川の向こう、西洋風のお家……。花には、とても遠い世界のようでした。

それから何日か経って、雪はまたしろを助けてくれた〝若さま〟のお家へ行きました。

小川に架かる橋の近くに来た頃から、雪の足は緊張で小さく震えていました。

どうやって訪ねたらいいんだろう。何て声をかけたらいいんだろう……。

雪はしばらく立ち止まってから一歩踏み出し、ゆっくりと橋を渡り、お家のほうへ近づいていきました。すると、あの若さまがお庭の花壇に水をあげている姿が見えました。

「あの……。こんにちは」

雪は思い切って声をかけました。すると若さまは気がついて、手を振りながら門の外へ出てきてくれました。

「きみは、この間のしろの飼い主の……」

「そうです。あの時は本当に助かりました。ありがとうございました」

雪が言うと、若さまは優しい笑顔を見せながら、いいえ、と答えてくれました。その涼やかな目ときりっとした顔立ちは、このお家の若さまにぴったりに思えました。

「急にお邪魔してすみません。あの、今日はこれをお返しに来たんです」

雪はそう言って、白い布を差し出しました。

「あの時、しろの足に巻いてくれた布です。これ、ハンカチーフですよね？　少し汚れてしまっていたけれど、洗ったらきれいになりました。ありがとうございました」

「わざわざこれを届けに来てくれたの？」

「はい。私、こんなきれいなハンカチーフは初めて見たんです。もらってしまうことなんかできないし、こちらの大切なものかもしれないと思ったので……」

そのハンカチーフは、真っ白い布に細かく美しい模様のふちどりがあり、水色のお花が刺繍されているものでした。

「かえって悪かったね。でも、届けてくれて本当に嬉しいよ。どうもありがとう」

最初は驚いていた若さまも、ほっとしたようにハンカチーフを受け取ってくれました。

「そういえば、しろは元気?」

「はい。足の傷も何ともなくて、今は家の中や庭を走り回っています」

「それはよかった」

「はい。……若さまのおかげです」

「若さま？ それ、ぼくのこと?」

若さまは、少し怒ったように言いました。

「嫌だな。ぼくはそんな立場じゃないよ」

「でも、このお屋敷の……」

「うちはね、こういう形をしているっていうだけで、ただの普通の家なんだよ。お屋敷なんていうほど大きくもないでしょう」

白い壁に丸い窓、三角の屋根。お屋敷というより、落ちついた普通のお家であることが雪にも理解できました。このお家は、雪の家からも見える遠い山を背に、この村の景色と不思議なくらいなじんで見えました。

「ぼくの父は仕事で何度も外国へ行って、向こうで生活していたこともあるから、家を作る時に西洋風にしただけなんだよ」

「それでは、もしかしてご一緒に？」

「うん。ぼくもアメリカで暮らしたことがあるんだ。たった一年くらいだけどね。その時に住んでいた家がこういう感じだったんだって。ぼくはまだ小さかったからあまりよく覚えていないんだけど、住み心地がよかったことだけは想い出に残っているんだ」

外国など、雪には想像すらできない遠い世界でした。それでも、若さまの想い出の温かさだけは、確かに伝わってきました。

「父もやっと日本に落ちつけることになったから、港に近い町からこの村に移って暮らすことになってね。本当は、母が病気だったから空気がきれいで静かな場所で休ませてあげたいって、父はこの村を選んだんだけど……」

若さまはふと、雪が返したハンカチーフを見つめ、きゅっと握りしめました。

「でも、母はその少し前に死んでしまって、ここに来ることはできなかったんだ」

「えっ？　そんな……」

雪は言葉につまりました。こういうお家に住んでいるというだけで、自分より幸せなのだろうと勝手に思ってしまったことが、たまらなく恥ずかしくなったのです。

「ごめんなさい。つらいお話をさせてしまって」

「いや、ぼくが勝手に話したんだよ。これ、届けてくれて本当にありがとう」

若さまは、ハンカチーフを大切そうにお洋服のポケットにしまいました。

「こうやって同じ村のきみと知り合えて、話もできて、ぼくは嬉しいんだから」

「本当ですか？」

「うん。……あっ、それから、ごめんね。気を悪くしないで聞いてほしいんだけど」

「え？」

「きみは、何だか気にしているようだけど、ぼくはまったく気にしていないよ。だから、横を向いたりしないでね」

雪はハッとしました。若さまに頬の傷を見られたくないと、ずっと顔をそむけたまま話していたことに気がついたのです。

「大丈夫だよ」

雪は嬉しくて、涙があふれそうでした。

「ありがとうございます。若さま」

「ぼくの名前は、慎《しん》っていうんだ」

「しんさん……」

「そう。若さまはだめだよ。きみもぼくも、同じこの村の人間なんだから」

「はい。私は、雪といいます」

雪はうなずくと、今度は〝慎さん〟のことをまっすぐに見て、言いました。

帰り道、雪は頬のあたりが、ぽっと温かくなっていることに気がつきました。歩く足が弾み、胸の鼓動も速くなっているようでした。

それは、雪にとって生まれて初めての、不思議な気持ちでした。でも、それが何なのか、雪にはまだわかりませんでした。

「ただいま」

雪が家に帰ると、花が何だかぶうっとした顔で机の前に座っていました。いつもは元気に返事をしてくれる花が、黙ったままです。

「ただいま。どうしたの？　花」

机の上には、花がいつも遊んでいる木綿のお人形が投げ出されるように置かれていました。見るとお人形は、腕のところの糸がほつれて、破れてしまっています。

「そうか。さくらちゃんの腕が破れちゃったのね。待ってて、すぐ直してあげる」

さくらちゃんというのは、このお人形の名前です。花の六歳のお誕生日にお母さんが作ってくれた女の子のお人形で、お母さんが季節に合わせて桜の髪飾りをつけてくれたので、花はいつもそう呼んで、大切にしていました。

「いい」

お裁縫箱を出そうとした雪に、花は不機嫌そうに言いました。

「いいって？」

「お母さまも直してくれるって言ったけど、直してなんかくれなくていい」

「だけど、このままじゃ遊べないでしょう」

「破れちゃったお人形なんかいらない。新しいの、買ってもらったほうがいい」

「どうして？　花はあんなにさくらちゃんが大好きで、ずっと大事にしていたじゃない」

「だって破れちゃったんだもの。こんなさくらちゃんなんかいらない。捨てちゃうよ」

雪は急に悲しくなってきました。そして、花の前にきちんと座って言いました。

「花。新しいお人形が欲しいなら、買ってもらえばいいの。でも、さくらちゃんはお母さまが花のために一生懸命作ってくれたのよ。花も、一緒に遊んだ想い出があるでしょう。捨てちゃうなんて言ったら、お母さまも悲しむし、さくらちゃんだってかわいそうよ」

「お人形なんかかわいそうじゃないよ。嫌だと言ったら嫌なの！」

「花！」

雪は珍しく怒ったような声で言いました。花の小さい肩がびくんと震えました。

「一体どうしちゃったの？　花はいつから、そんな子になっちゃったの？」

二人とも、しばらく黙ったままでした。こんなことは今まで一度もありませんでした。

花は、もっと不機嫌そうに言いました。

「お姉さま。さっきはどこへ行ってたの？」

「この間、しろが迷子になった時、川の向こうのお家の人が助けてくれたっていう話、したでしょう。そのお家の人に、改めてお礼を言いに行ってきたのよ」

川の向こうの洋館……。花はあの時の雪の話を思い出しました。花は川の向こうにさえ、行った記憶がなかったのです。

「また一人であっちへ行って、お姉さま、何かいいことあったんでしょう」

「そんなことないわよ」

「うそ。お姉さま、きっと一人で楽しい思いしてきたのよ。だってお姉さま、あの時も今日も、何だかすごく嬉しそうだもの」

雪は、心に浮かんできた〝慎さん〟のことを、なぜか言葉にはできませんでした。

「お姉さま、ずるい」

「ずるい？」

「一人だけ楽しい思いして、ずるいよ！」

「ずるいってどういうこと？　あのね……」

「もう、お姉さまなんか、知らない！」

花は涙声になって怒鳴るように言うと、さくらちゃんを雪に投げつけました。

「何よ！　そんなお顔してるくせに！」

「花！」

花はそのまま、バタバタと走り出ていってしまいました。

雪は凍りついたように、その場に座りこんでいました。投げつけられたさくらちゃんが泣いているように、雪には見えました。

その夜、花は眠れませんでした。

雪、お母さん、破れたさくらちゃん……。何度も目の前に浮かび、そのたびに涙がこぼれては、耳元から枕へ落ちていきました。

何があんなに嫌だったの？　どうして今は泣いているの？

花は、自分でもわかりませんでした。

そして、さっき雪に言った言葉が、追いかけるように聞こえてきました。

お姉さまの何が嫌だったの？　私はどうしたらいいの？

花は心の中で繰り返していました。その声が響いては、静かに遠ざかっていきました。


少しずつ花のまわりが明るくなり、よく知っている景色が見えてきました。

そこは、村の神社の境内でした。

春のようです。柔らかなそよ風が吹き、甘いお花の香りがあたりを包んでいます。

いつのことなのでしょう。やっと一人で走れるようになった花と、まだまだ幼く見える雪が、二人で遊んでいます。境内にはほかに誰もいません。雪と花の楽しそうな笑い声だけが、弾むように聞こえています。

大好きなお姉さまと一緒に遊べることが嬉しいのでしょう。花は境内を走り回ってはしゃいでいました。

その時、白い可愛いお花が咲いているのが、花の目につきました。

「あっ。あそこに可愛いお花が咲いてる」

先ほどから境内に満ちている甘く優しい香りは、そのお花のもののようです。香りに誘われて、小さな蝶々も飛んでいます。花は嬉しくなって、白いお花のほうへ全力で駆け出しました。

「花、危ない！　そっちへ行っちゃだめ！」

後ろから雪の声が聞こえました。でも、花の耳には届きません。ただ白いお花と蝶々に夢中で、こうして走れることが楽しくてたまらないのです。

「花、止まって！」

今度は、叫ぶような声がしました。

その時、花の足下にはあの石段がありました。花にはまるで高い崖のように見えました。

怖い、と思う間もなく足下がくずれ、花の体が宙に浮きました。

「花！」

叫び声とともに、細い腕が花を引き上げました。同時に、大きな鈍い音が響きました。

どどどどどどど、どさっ！

気がつくと、花は石段の上にぽつんと座っていました。

一体、何があったのでしょう。

境内には誰もいません。あれきり、静まり返っています。花はハッとしました。

（お姉さま？）

さっきまで一緒に遊んでいた雪の姿がありません。境内を見回してみても、雪はどこにもいませんでした。

「お姉さま、どこ？　お姉さま！」

何度呼んでも、雪の返事はありません。

花は雪を探しに行こうとしましたが、怖くて立ち上がることができないのです。

花は、大きな声で泣き出しました。

自分の泣き声に驚いて、花は目を覚ましました。

そこはあの神社ではなく、見慣れた自分の部屋でした。窓からは、まだ昇りはじめたばかりのお日さまの光が静かに射しこんでいます。

花は夢を見ていたのです。でも、こんなにはっきりした夢は、今まで一度も見たことがありませんでした。

花の体は小さく震えていました。夢の中で聞いたあの大きな音が耳から離れません。甘いお花の香りも、まだここに残っているかのようです。

（お姉さまが私を助けようとして神社の石段から落ちてしまった……）

あまりに小さい時のことですから、花は何も覚えていません。でも、さっきの夢はきっと本当にあったことなのだ……。花は、そう思えてなりませんでした。

（あの石段から落ちたのなら、お姉さまはけがでもしたのでは……）

そう考えた時、花はハッとしました。大きな痛みが、花の胸に走りました。

その日、花は一人で神社に行きました。

朝、珍しく押し黙ったままの花を、お父さんもお母さんも、雪も心配そうに見ていました。でも、夢で見たことについて尋ねるなんて、花にはどうしてもできませんでした。

（あの神社には、とてもお心の清らかな女神さまがお住まいなのですよ）

小さい頃、おばあさんがそう教えてくれたことを、花ははっきりと覚えていました。女神さまなら、何か教えてくださるかもしれない……。花は、おばあさんの話に導かれるように、神社に来たのでした。

何度もお参りに来たり、境内に遊びに来たりしていましたが、花は一人で来るのは初めてでした。なぜか、石段を上る足が震えました。

境内には誰もいません。夢の中と同じあの白いお花が咲き、そよ風が甘い香りを運んできます。その風に木が揺れる音のほかには、物音は何一つ聞こえませんでした。

花は、拝殿に向かってそっと両手を合わせました。その時、青い空の上から声が聞こえてきたのです。

「花、どうしたのですか？」

おばあさんの声に似ていたような気がして、花はあたりを見回しました。でも、それきり何も聞こえませんでした。

（女神さま……）

花が心の中で呼びかけた、その時でした。

拝殿の中に、きらきらした美しい光の粒があとからあとから降ってきました。その無数の光の中に、気高いお顔をした女の人の姿がゆっくりと浮かびあがってくるのが、花にはちゃんと見えたのです。

これも夢……？　そう思いながら、花はおそるおそる呼びかけました。

「女神さま？」

すると女の人は、花に穏やかに微笑みかけてくれました。そのお姿は虹のように儚《はかな》く見えながら、お日さまのような眩しい光を放っているようにも見えました。

夢ではない。女神さまがお姿を見せてくださったのだ……。花はそう信じました。

「どうしたのですか？」

女神さまの美しいお声が、確かに聞こえました。花は、もう一度手を合わせました。

「女神さまは、この神社で起きたことはすべてご覧になっていると思います。だから教えてください。ゆうべ、夢を見ました」

花は、ゆうべ見たあの夢のことを、すべて女神さまにお話ししました。

「あの夢は、私が小さい時に本当にあったことではないかと思ったのです。女神さま、あれは本当のことなのですか？」

女神さまは、静かにおっしゃいました。

「そうです。あなたが二つの時でした」

「それで……、石段から落ちてけがを……。お姉さまのお顔の傷は、その時のけがのせいなんですね」

女神さまは、黙って花を見つめておいででした。花はそれで、すべてを悟ったのです。

「やっぱり……」

私のせいで、お姉さまのお顔にあんな傷が残ってしまったのだ。そう思ったとたん、花の目から涙があふれてきました。

「あなたのせいではありませんよ」

女神さまは、はっきりおっしゃいました。

「お姉さんがけがをしたのは、誰のせいでもありません。それでも、そういうことが起きてしまうことはあるのです」

「でも、お姉さまは……」

「いいえ。何も覚えていません。まだ六つの小さい時だったし、人は何か大きな出来事に遭った時、驚いていろいろなことを忘れてしまうということがあるのです」

お姉さま、ごめんなさい……。花には、雪がなぜ自分の顔に傷ができたのかを覚えていないことさえ、自分のせいのように思えました。

花の涙にお気づきになったのか、女神さまはいたわるように言ってくださいました。

「あなたがつらいのはわかります。でも、自分が悪いなどと思っては、小さいのに必死であなたを守ってくれたお姉さんの気持ちが無になってしまいますよ」

「でも……」

花は苦しくなって、昨日のことを女神さまにお話ししました。さくらちゃんのこと、雪に言ってしまった言葉……。話しながら、また涙がこぼれてしまいました。

よく話してくれましたね……。そう呟いてから、女神さまはおっしゃいました。

「あなたは今、自分のことを悪い子、嫌な子だと思ってしまったのですね。それで泣いているのでしょう」

花は自分でもよくわからないまま、黙ってうなずきました。

「いいえ。あなたは正直だし、本当に優しくていい子です。だからお家の人も村の人たちも、みんな可愛がってくれるのですよ。もちろん私も、そんなあなたが大好きです」

花は驚いて、じっと女神さまを見ました。

「だから一つだけ、あなたにお話ししておきたいことがあります」

女神さまは、花を包みこむように安らかなお声でおっしゃいました。

「これからは、あなたに優しくしてくれる人たちへの感謝を忘れてはいけません」

「感謝？」

「そう。〝ありがとう〟の気持ちです。そして、あなたに優しくしてくれた人の心を思いやる気持ちです」

花には、それが自分にとってあまりにも大きいことのように思えました。

「でも、女神さま……」

「大丈夫。あなたならできますよ。だって、あなたはお姉さんが好きなのでしょう」

「はい、好きです。大好きです」

「お父さんやお母さんのことも？」

「もちろん、大好きです。それからしろも、村の人たちもこの村の景色も、今はいないおばあさまも、みんなみんな、大好きです」

花のまっすぐな言葉に、女神さまはとても幸せそうな笑顔をお見せになりました。

「その〝好き〟という気持ちを大切にしてください。それは、人から好きになってもらうこと以上に、本当に尊《とうと》いのです」

「はい。女神さま」

花は、そのお言葉を大切に心にしまいながら、目をとじて両手を合わせました。

花の目に、大好きな人たちの姿が浮かんできました。雪も、お父さんもお母さんもしろも、花を可愛がってくれる村の人たちも、みんな笑っていました。村の野原や小川や遠くの山も、きらきらと輝いていました。

花の目から、また涙がこぼれました。それは、花を優しく包むような涙でした。

花が目をあけた時、そこにもう女神さまのお姿はありませんでした。でも、決して夢ではなかったことは、花の心に残っている温かさが教えてくれていました。

「女神さま、ありがとうございました」

花は、もう一度手を合わせて言いました。


「ただいま」

花が家に帰ると、お母さんと雪が心配そうな声で出迎えました。

「お帰り、花。どこへ行っていたの？」

「……神社」

「そう……。今朝は元気がなかったみたいだから心配してたの。本当に大丈夫？」

「うん。何でもない」

よかった……。雪がそう呟くのを聞いて、花の口から言葉が走り出ました。

「お姉さま、昨日はごめんなさい。私……」

「花……」

「ごめんなさい。お姉さまは何も悪くないって、わかっていたの。あんなこと言うつもりもなかったの。何だか淋しくて、それで……」

花が泣き出しそうなのを止めるように、雪は優しく言いました。

「もういいのよ、花。私のほうこそ、怒ったりしてごめんね」

「お姉さま……」

雪は、少し涙ぐんでうなずきました。

「それから……、ありがとう、お姉さま」

「ありがとうって、何が？」

「何って、それは……。いろんなこと。今までのことみんな、ありがとう」

「あら。私のほうこそ、ありがとう」

助けてくれてありがとう……。花は、その言葉だけはそっと心の中で言いました。

「それからね、花。やっぱりさくらちゃん、直してあげようと思うの。いいでしょう？」

花は、雪が持ってきたさくらちゃんを、じっと見つめていました。さくらちゃんも、花をじっと見つめているようでした。

「花はいいって言ったけど、破れたままじゃかわいそうだもの」

「うん。私も一緒にやる」

花はそう言うと、さっそくお裁縫箱を持ってきて、用意しはじめました。

「私、やっぱりお母さまが作ってくれたさくらちゃんが大好き。これからも、ずっと大切にするね」

「そうしてあげてね」

雪と花は相談して、さくらちゃんに新しい髪飾りも作ってあげることにしました。花は雪にお裁縫を教えてもらい、それはとても楽しいお仕事になりました。

花は、いつだったか雪が傷のせいで行商の男にいじめられ、泣いていたことを思い出しました。かわいそうなお姉さま……。あの時、花はそう思いました。でも……、

(お姉さまはかわいそうなんかじゃない。本当に心の優しい、強い人なんだもの)

花は今、そう思ったのです。

「ほうら、花。これでできたよ」

「さくらちゃん、もっと可愛らしくなったね」

捨てるなんて言ってごめんね。花はそっと言いました。花も雪も、さくらちゃんが笑ってくれたように見えました。


次の日の夕方、雪と花は、一緒にしろのお散歩に出かけることにしました。

お日さまは西へ傾きはじめていましたが、高い空は青く澄みきって、雲がきらきらした光の線を描きながら流れていきます。道端に咲くお花を揺らす風にのって、今年初めて見る赤とんぼが飛んでいきました。

雪と花は、楽しくお話をしながらゆっくり歩いていきました。しろも楽しいのでしょう。元気にしっぽを振りながら、二人の足にかわりばんこにじゃれついてきました。

二人はやがて、あの大きなくすの木のところまでやって来ました。

「あら。雪ちゃんに花ちゃん」

「あ、お花屋のおばさん。こんにちは」

お花を行商しているおばさんが、ちょうど木陰で休んでいるところだったのです。

「こんにちは、おばさん。今日は少しお早めのお帰りですか?」

「そう。少し疲れちゃったからね。今ここで休んでたの。雪ちゃんと花ちゃんは?」

「今日はしろのお散歩」

「そう。しろちゃんは、初めましてだね」

おばさんは、しろを撫でてくれました。それから、ふと思いついたように、行商のかごの中のお花を、全部束ねてくれました。

「これ、売れ残りで悪いんだけど、雪ちゃんと花ちゃんにあげる」

「えっ? いいんですか?」

「どうぞ。捨てることになったらお花もかわいそうだし、お家に飾ってあげてね」

「はい。おばさん、ありがとうございます」

雪はおばさんにお礼を言いました。それは白や黄色の菊と、うす紅色をした可愛いお花でした。〝こすもす〟というお花よ、とおばさんは教えてくれました。

「そういえば、前にもおばさんに菊をもらったことがあったね。いつもありがとう」

花が笑顔でお礼を言うと、おばさんはとても嬉しそうにうなずいてくれました。

「そうだ。おばさんはお花屋さんだから、お花の名前には詳しいでしょう？」

「まぁ、少しはね」

「それじゃ、わかるかな？　神社の境内に、白い小さなお花が咲いているでしょう。低い木に咲いて、花びらの裏が少し赤くて、とってもいい香りのお花。名前は何ていうの？」

「ああ、それは沈丁花《じんちょうげ》よ」

「じんちょうげ？」

「そう。おばさんも大好きなお花なの。昔からあの境内で毎年咲くのよ」

「私も、昨日咲いているのを見たの」

「昨日？　それは変ね、花ちゃん。沈丁花は今時分は咲かない。春に咲くお花よ」

「本当？　私、見間違えたのかな？」

昨日、女神さまにお会いした時、神社には確かにあの白いお花が咲いていて、優しい香りも感じたのに……。花はハッとしました。

夢で見たあの春の日、やっぱりあのお花が咲いていていて……。そう、昨日、花が女神さまにお会いした時とまったく同じ景色だったのです。

「もしかしたら、神社の女神さまが花のために咲かせて、見せてくれたのかしら」

「えっ?」

本当は、花は少し怖かったのです。でも、女神さまはその中でとても大切なことを教えてくださいました。あの香りと一緒に、花を温かく包むように……。

「だって、花はあのお花が大好きなんでしょう?」

「うん」

花はうなずきました。きっと雪の言うとおり、昨日の沈丁花は女神さまの優しさだったのだ……。花は、そう信じることができました。


お花屋のおばさんを見送ってから、雪と花は神社へお参りに行きました。雪は、今日は石段のあたりを怖いと思いませんでした。

境内には、やはり沈丁花は咲いていませんでした。片隅で何本かのりんどうが、つましいお花を見せてくれています。

「花としろと三人で来るの、初めてだね」

「そうだね」

花は、ふと空を見上げて言いました。

「お姉さま。私ね、昨日ここでおばあさまの声が聞こえたような気がしたの」

「えっ？」

「気のせいだったのかな？」

「ううん。気のせいじゃないと思うわよ」

そう。雪も、神社でおばあさんの声を聞いた気がしたことがあったのです。

「花。おばあさまは、きっと今も女神さまと一緒に私たちを見守ってくれているのよ」

「だからここで、おばあさまの声が聞こえたの？」

「うん。おばあさまと私たちの心は、ちゃんと通じているのよ。ずーっとね」

「そうだね。やっぱり、気のせいじゃなかったんだね」

「おばあさまは女神さまを信じていたでしょう？　だから、今も女神さまにお願いしてくれているんだと思うの。私や花を導いてくださいますように……って」

昨日、女神さまはきっと、おばあさまの思いも私に伝えてくださったのだ……、と花は思いました。

「お姉さま。それなら、今度は私たちが女神さまにお願いしようね。おばあさまが空の上でお元気でいられますように……って」

花の言葉に、雪は笑ってうなずきました。

二人は、もらった菊を、しろの分も合わせて三輪、神社に手向けました。しろは、そのことがわかっているように、雪と花の足下でちんまりお座りしています。

雪と花は目をとじて手を合わせ、まず二人でおばあさんのことをお願いしました。

(女神さま、ありがとうございました。教えてくださったこと、大切にします。これからも、お姉さまと私を見守っていてください)

花は、心の中でそう言いました。

(女神さま、いつもありがとうございます。私も、ずっとお日さまに向かって歩んでいきます。これからも、花と私のことをよろしくお願いします。それから、もう一度……)

雪は、心に浮かんできたもう一つのお願い事にハッとしました。その時、またあの不思議な気持ちが、雪を包みました。

花は、少し照れくさそうに言いました。

「お姉さま。あの時はずるいなんて言って、ごめんなさい。でも、本当にお姉さまにいいことがあったのなら、私、嬉しいな」

雪は、驚いたように花を見ました。

「だって、やっぱりお姉さまが嬉しそうなお顔をしていると、私も嬉しいもの」

「ありがとう。花は前にもそんなふうに言ってくれたことがあったね。覚えてる？」

「ううん、覚えてない」

「そう。でも私も同じよ。花はいつも元気だから、一緒にいて私も元気になれるの」

「本当？　ありがとう、お姉さま」

雪と花は、お互いの笑顔を見ながら、もう一度女神さまにお礼を言いました。

二人が帰ろうとした、その時……

（花、ありがとう）

（雪、よかったね）

遠い空の上から、かすかにそんな声が聞こえたような気がしました。

あっ、おばあさま……。雪も花も、今度はそう信じて空を見上げました。夕暮れの近い秋の空は、今の二人の心のように澄んで、どこまでも広がっていました。


帰り道、大きなお日さまが遠い山のほうへ沈みはじめていました。さっきまで青かった空がだんだん夕焼けの茜色に染まっていきます。足下の風はほんの少し冷たく、どこかからカナカナの声が聞こえてきました。

「お姉さま、夕焼けがはじまるんだね。この村の夕焼け、本当にきれいだよね」

「花は、夕焼けが好き?」

「もちろん、大好き。お姉さまは?」

「私も大好き。きれいな夕焼けが見えるとね、明日はいいお天気になるんだって」

「本当?　そうだと嬉しいな」

雪は、お日さまをじっと見つめました。

「じゃあ、私たちもあのお日さまに向かって歩いて帰ろうね」

「うん！」

そう言うと、しろを連れた雪と花は、また楽しそうに歩きはじめました。

道の後ろには、お日さまに向かって歩く雪と花としろの影が、長く長く伸びています。

遠い山が紅葉で美しく染まる季節が、ゆっくりとこの村に近づいているのでした。


―　終　―

あとがき

いつの頃からだったでしょうか。あなたの夢は何ですか？　と聞かれると、私は「いつか自分の本を出すことです」と答えるようになっていました。今回、思いがけない形で、文芸社さんからその夢を叶える機会を与えていただき、心から幸せに思っています。これで、自分が生きてきた証しを一つ残せたような、充実した気持ちでもあります。

子供の頃、私は本が大好きで、さまざまな絵本と触れ合いながら大きくなりました（今、いい本をたくさん与えてくれた両親に、本当に感謝しています）。本と一緒に笑ったり泣いたり、夢を見たりドキドキしたり……。すべての想い出が、私の大切な宝物です。

その中でも私は、心が温かくなるような優しい物語が一番好きでした。今、私もそんな物語が書けたら……、という想いを胸に、この『雪と花』を書きました。

　私自身、雪や花やしろに心を癒やされたり、おばあさんの言葉に元気をもらったりしながら書いたような気がします。雪の繊細さも、花の無邪気さも、子供の頃の私を想い出させました。そんな懐かしさと愛おしさが、あの頃読んだ本たちのように私の心を温かくしてくれたことが、小さな幸せでした。

　もし、この本を読んでくださった方たちにもそんな気持ちになってもらえたら、この本を想い出の一つにしてもらえたら、そして何より、「雪ちゃん」や「花ちゃん」を好きになってもらえるなら……、私にとって、こんなに嬉しいことはありません。

最後に、書籍化のお話をくださった文芸社の砂川正臣さん、すべての面でお世話になった担当編集者の伊藤ミワさん、とても素敵な挿し絵を描いてくださったイラストレーターのたまきちさん、そして、この本を手に取って読んでくださったすべての方に、心からの感謝の気持ちをお届けいたします。

ありがとうございました。

彩樹　けい

著者プロフィール

彩樹 けい（さいき けい）

本名　竹内景子

1965年生まれ

埼玉県出身

本文イラスト：たまきち、株式会社 i and d company

雪と花

2023年9月15日　初版第1刷発行

著　者　彩樹 けい

発行者　瓜谷 綱延

発行所　株式会社文芸社

〒160-0022　東京都新宿区新宿1－10－1

電話　03-5369-3060（代表）

03-5369-2299（販売）

印刷所　図書印刷株式会社

ISBN978-4-286-24439-6